中国好诗

第六季

不惑的绳结

张常美 — 著

天津出版传媒集团
百花文艺出版社

张常美，1982年生，山西代县人，地质队工人。有诗歌发表于《诗刊》《长江文艺》《扬子江诗刊》等。获得第十七届华文青年诗人奖。

小众书坊 Poetic Books

中国好诗

心上没有诗，就像地上没有花朵。

第六季

《万古烧》·张执浩 著
《编织蓝色星球的大海》·邱华栋 著
《世界的每一个早晨》·谷禾 著
《濒临》·龚学敏 著
《山河边关记》·丁戎耕 著
《不惑的绳结》·张常美 著
《封龙获鹿》·孟醒石 著
《开门见山》·慕白 著
《一个声音离开了合唱团》·臧海英 著
《雪旅》·张烨 著

第五季

《山顶》·李琦 著
《大地上万物皆有信使》·刘立云 著
《深情可以续命》·潘洗尘 著
《大鱼》·徐南鹏 著
《今生荒寒》·殷龙龙 著
《镜中白马》·梁尔源 著
《爆破音》·胡茗茗 著
《逆风歌》·张远伦 著
《余音》·灯灯 著
《不能的风》·余幼幼 著

第四季

《事到如今》·张新泉 著
《入林记》·张二棍 著
《落在海里的雪》·王小妮 著
《群峰无序》·大解 著
《数一数沙吧》·沈苇 著
《镜中》·舒丹丹 著
《自然主义者的庄园》·阎安 著
《我不想大张旗鼓地进入你的生命之中》·巫昂 著
《一株麦子的幸福》·罗振亚 著
《我本孤傲之人》·江一郎 著

第三季

《妥协之歌》·李南 著
《用小号把冬天全身吹亮》·梁晓明 著
《空楼梯》·胡弦 著
《自己的心经》·叶舟 著
《锦瑟》·何向阳 著
《隔空对火》·荣荣 著
《我们的暴雨星辰》·姜念光 著
《浅妄书》·蓝野 著
《微甜》·白庆国 著
《大师的葬礼》·严彬 著

第二季

《让我背负你的忧郁》·郑玲 著
《响器》·马新朝 著
《半张脸》·商震 著
《个人简历》·娜夜 著
《挑滑车》·轩辕轼轲 著
《徒步穿越半个城市》·邰筐 著
《向命要诗》·沈浩波 著
《栖真之地》·桑子 著
《无数灯火选中的夜》·冯娜 著
《数星星的人》·玉珍 著

第一季

《山中信札》·路也 著
《为何生命苍凉如水》·刘年 著
《女巫师》·宇向 著
《山冈诗稿》·王单单 著
《悬崖上的沉默》·雷平阳 著
《去人间》·汤养宗 著
《无端泪涌》·陈超 著
《必要的天使》·臧棣 著
《白云铭》·江非 著
《我们来谈谈合法的火苗》·杜绿绿 著

有了诗，我与世界两不相欠

——初读张常美

◎ 霍俊明

因为张二棍（张常春），我知道他有一个孪生兄弟叫张常美，但并不能因此称之为“张三棍”。

1.

常春和常美兄弟，二人外貌几无二致，而更令人称奇的则是兄弟两个都写诗。

按照二棍的说法，他们二人几乎是同时开始了“秘密写诗”但互相并不知晓，“直到某天，在闲逛一个诗歌论坛时，看到他的头像！定睛之后，我差点笑出心中的玫瑰来”。看来二棍调侃起兄弟来一点都不留情，请看：“他丑，丑人容易不自信，哪怕回到写作中，也如此。他断断续续就这么一路写来，像个走私客一样。写得不多，也几乎不拿给我看。”

这个“走私客”一样的张常美几乎只是把诗歌写作当成了一个自己的抽屉，并不需要特意拿出来“示众”，正如他所说的“人在诗外”。

大体从 2018 年开始，张常美才在一些刊物连续推出一些诗作，显然已经呈现出一定的个人写作气象。

张常美工作于山西省地勘局 217 地质队。地质队员的生活很容易让我们想到空间的迁移以及旷野，那么这种特殊的工作是否和诗歌一定有着必然的联系则未为可知。我看到过张常美在非洲时期工作的照片，他双手环抱一个竖立起来的铁管，身边是三个非洲兄弟。

如果没有诗歌，张常美与任何地质工人以及任何普通人都不会有差别，恰恰是因为有了诗歌，张常美与世界从此两不相欠。

一个日常生活中不善口舌之人，一个更多日常情境下的沉默者，恰恰因为诗歌而获得了言说、发现和命名的能力。也许正是这种日常状态下的“边缘”和“失语”使得张常美要在诗歌中找到精神补偿和“发声”位置，显然诗歌已经作为了一种必要的心理机制和对话手段。在诗歌中一个人的生命就从自然序列和单向度的时间轨道中获得了另一个精神空间，一个人同时拥有了两种或多种可能性的生命体。

我想，这就是诗歌对于张常美的特殊功能。

2.

张常美这本诗集名为《不惑的绳结》。这确实是一次次解惑和解结的过程。

这既是个人之惑、生命之惑，又是存在和时间携带的终极之惑，这一解惑的过程使得张常美的诗歌更多处于波澜不惊、静水流深之中。

他总是在黄昏、夜晚或清晨诉说，更确切地说是一个人与自我的争辩和对视。尤其是诗集的第二辑和第三辑，张常美通过精简的诗歌形制（很多都控制在十行之内，少则两行、三行）以及双行体的形式将诗歌的“减法”得以最大化地呈现。这些诗歌不仅形式上大刀阔斧削减了枝枝蔓蔓，而且内质上也是不断紧缩、凝恒和淬炼，二者同时做到了通过“最小化”抵达最大化的诗歌空间。

这些诗歌直接面向了自我体验和生活经验，直接面向个体生命以及生存场域的思虑或冥想。其中一些诗甚至带有鲁米诗歌的“箴言”性质，诗歌起码成了个人精神真理的一个个碎片或沙粒。这样的诗歌既需要一个诗人的精神能力又需要相应的词语能力以及将可见之物转换为心象和不可见之物的能力。质言之，这正是福柯意义上的“词与物”的时时调校的互动过程。

在这些诗中，我们会看到那些日常的具象化之物，也会看到生存舞台上的各种道具和形形色色的演出。正是在经验、表象与心象、幻象和想象的融合之中，张常美的诗歌愈益凸显一个诗人的生命肖像。这是一个沉默、安静、悲悯、隐忍而又襟怀开阔的人：“为最坏的生活提供最安稳的可能”（《盐主义》）；“安慰别人就是安慰你自己”（《安慰别人就是安慰你自己》）；“——吃掉那些小的、铲坏的、绿皮的 / 土豆。以及在漫长等待里急不可耐发了芽的土豆 // 剩下一箩筐躲过风刀霜剑的 / 健壮、隐忍的土豆，才是留给明年的种子”（《一个祖训》）。

张常美的诗歌中一直有一个温暖的手掌，无论其面对的是多么清冷、虚空以及至暗的时刻。他又总是在那些日常情境中不断挖掘或适度地予以提升、变形，在虚实丛生的世相和人世无常的“惊觉”面前得以一次次完成精神解惑的过程。这类似于精神的自审、自剖或开悟、开示，打碎一个个镜像，重组一个个澄明、无碍的时刻。

3.

从一个诗人的生成背景、记忆契约和深层精神动因来说，张常美在诗集的第一辑给我们提供了一个诗人的精神出处或精神词源。

这一精神出处不仅与个体空间有关，而且与其生活的乡村经历以及中国诗歌场域中一直在强化的“现实感”有关。

一个诗人的精神肖像的形成显然离不开童年期以及相应的生活环境。诗集《不惑的绳结》的开篇之诗正是《少年之惑》：

> 少年时候，我哪里都没有去过 / 以为别处的太阳 / 也是从黑山庄村升起来的 / 直到现在，我还是没有去过黑山庄 / 它就在西段景往东偏南十多里的山脚下 / 等拉矿的车把那座山完全搬走 / 我就回一次故乡。或者还得起个大早 / 去一趟黑山庄 / 把太阳栖身的窑洞看个究竟

一个人的感知能力、精神视角和世界观正是从少年的生活开始的，而具体到张常美这一精神视角以及世界时间的开始，恰恰是具有非常显豁的此时代典型特征的。加速度的现代性的时间利器使得缓慢的乡村时间已经被强行终止，曾经作为中心的大地伦理和大地共同体已经粉碎。随着乡村时间观的消失，另一种全新的钢铁空间和时间法则迅速矗立起来，而一代人的“离别”“出走”和虚妄的“返乡”就注定开始了。

此时，惊惧、分裂、眩晕的新的时间体验迎面而来——

> 我们徒步很远 / 去看火车，从铁轨的战栗和空气的轰鸣中开过来 / 我们怔在那里。盯着 / 一扇又一扇窗户缓缓驰过 / 其中一扇窗户里 / 一张脸年轻而好看，她冲着我们 / 摆了一下手。那时我们都还没有出过远门 / 但还是集体扬起自己衣袖上的补丁 / 也挥了挥手。这是第一次 / 有人教会了我们怎样去告别。(《第一次离别》)

“出门远行”不再是个体命运，而是时代情势所迫的整体景观，是没有归路的别离，因为精神的应许之地已经消散如烟，“当你突然问起我 / 故乡，那座塌掉的拱桥 / 究竟几个孔的时候 / 我又一次深潜进自己粼粼的童年中”。（《无情似流水》）

自此之后，张常美所面对的城市空间总是具有无处不在的区隔感和黑洞般的生存体验，“那里模糊一片。既没有中心，也没有边缘”。（《在日子里》）至于《猴子兄弟》一诗则以寓言化的方式凸显了城市无所不在的规训“魔力”。

沧海桑田使得人们几乎一夜之间成了“古人”“故人”“异乡人”，“用剩的世界”和“用剩的时间”使得“荒村扎旧帐”成了悖论化的精神现实。与此相应，一个个悖论和龃龉的场景诞生或重演，“我用手电筒晃了晃这被用剩的世界 / 这在陌生者的造访中瞬间活了过来的星空”。

4.

精神失重的时刻开始了!

为了免于失衡、眩晕和虚无,诗人就不得不在“故乡”这一黑暗的船舱中摆放一块沉重的压舱石。

在此类精神向度相若的文本中,《我们已不记得收获过什么》《西瓜记》可为代表。这些精神记忆质地突出的文本实则具有了现象学还原的功能,其中的物象、细节和场景已经具有了象征化的寓言功能,那些或清晰或幽暗的生存纹理实则揭示了时间的内在法则和精神的深层机制。与此同时,这些细节和场景就具备了精神共时体的特征,它们经由个人经验而转换为生存经验和时代经验,成为更易于激起更多人同感的共鸣器和共振场。

《我们已不记得收获过什么》《西瓜记》在互文阅读的层面实则是“一首诗”,无论是进城卖掉的“白菜”还是在贫穷人的胸脯上汁液流淌的“西瓜”,都具备了深度意象的要素和精神召唤结构,它们都是一个个乡野生命体的元素化的替身和表象。

如果母亲也能早一点回家
就会从粮房里挖出一瓢大米
换回那堆被人挑剩的瓜
——长歪的,冰雹打过的,没有熟好的……
那个晚上,和西瓜们一起

我们挤在房基的台阶上
敞开肚子，母亲就那样端详着
像端详刚刚孵出的家雀一样
黏糊糊的便宜的甜汁顺着胸脯淌下来
一道又一道。直到现在
那一地狼藉的瓜皮
也没有在之后渐渐变凉的时光里干萎
——《西瓜记》

由这些乡下的日常之物和空间所牵连起来的恰恰是整个不堪的乡村境遇本身，它们犹如大地上的一个个根须或者一个个芒刺，触及或刺痛了最为敏感的神经。

对于张常美来说，诗歌功能在更多时候确实类似于“认识自身”“自我相认”以及“自己对自己的安抚”。尽管这些“自我”处于不同的时空区隔之中，但是诗人通过回溯、正视和预叙，将过去、现在和未来的三个时间区隔中的“自我”予以打通和并置，“幼年的自己、暮年的自己 / 和现在的我共处一室 / 像一家三代，彼此爱着 / 又那么陌生 / 有嫉妒也有嫌弃，有慰藉也有痛恨 / 但都能彼此原谅和遗忘了 / 在太阳升起的时候 / 一个会喊醒另一个 / 一个把椅子弄倒了另一个会扶起来 / 一个做好了简陋的饭菜 / 等着另一个坐过来 / 灰茫茫的光打在他们的脸上 / 黑发，白发。多么温暖的画面 / 他们共用的一日已经没有新鲜的命运经过 / 他们共用的一生没有秘密可以分享”(《常常有这样的时刻》)。诗人的精神自审能力因此得以强化，这也是类似于叶芝般的“随时间而来的智慧”和精神自画像。

有了诗歌这种特殊的精神生活方式，一个沉默的人就有了免于失语的话语能力，拥有了愿景和慰藉的对话能力。

张常美确确实实做到了这一点：“有了诗，人与世界两不相欠。”

2020 年 4 月 22 日

目录

第一辑　少年之惑

少年之惑 / 002
在日子里 / 003
猴子兄弟 / 004
黄昏真美 / 005
一个人的内心越来越浅 / 006
第一次离别 / 007
荒村扎旧帐 / 008
曾有桑田是沧海 / 009
蟋蟀 / 010
何妨 / 011
庇佑 / 012
我们已不记得收获过什么 / 013
晚来天欲雪 / 014
一个下午 / 015
最好的早晨 / 016
把一条路逼急了 / 017
西瓜记 / 018
月亮 / 019
我存着一包花的种子 / 020
即景或永恒 / 021
如果真有一部不用缴费的手机多好 / 022
北风肆虐的旷野中 / 023
常常有这样的时刻 / 024
秋风，落日 / 025

如果我们的一生可以从倒叙中开始 / 026
一件很多年前的旧案 / 027
祝福 / 028
无情似流水 / 029
故乡 / 030
柿子 / 031
噢……蘑菇 / 032
虽然无法安慰我们 / 033
白 / 034
我希望我有这样的手艺 / 035
一日 / 036
契约 / 037
轮回是一种惩罚 / 038
羊群里走得最慢的那一只 / 039
懂得缝补的人已经越来越少了 / 040

第二辑 盐主义

断定 / 042
从来没有时间 / 043
魔术师 / 044
母亲总是找不到我们 / 045
来去应无碍 / 046
盐主义 / 047
爆竹 / 048

村居 / 049
容器 / 050
心有戚戚 / 051
深秋 / 052
不是因为什么 / 053
鸟巢 / 054
春色惹人愁 / 055
多情人耳边 / 056
所谓孤峰 / 057
依靠 / 058
担心 / 059
遇见 / 060
赠白云 / 061
一个祖训 / 062
危险的工作 / 063
微风吹过的时候 / 064
天底下…… / 065
青山料我亦如是 / 066
人生总须未了愿 / 067
生 / 068
星星 / 069
风声中…… / 070
焚 / 071
泥瓦工 / 072
那时 / 073
乡村爱情故事 / 074
这一生，注定我做不了坏人 / 075

第三辑　寒水临碑

原来每一秒都是挣扎着走过 / 078
可疑的不朽 / 079
读史 / 080
村庄 / 081
大海 / 082
木头人 / 083
遗址博物馆 / 085
长筵之地 / 086
梦与现实 / 087
托孤 / 088
我想自己是个好演员 / 089
像那样…… / 090
明月 / 091
满目黄金 / 092
真相 / 093
来生的剧场 / 094
新年，致己篇 / 095
鸟兽宴 / 096
放生 / 097
光阴流逝，几乎带走了全部 / 098
在自己里活久了…… / 099
放下 / 100
越来越…… / 101
我能使…… / 102

无畏 / 103
不过是…… / 104
没有青松栽枣树 / 105
树的秘密 / 106
故里一棵树 / 107
寒水临碑 / 108
被水淹死的水 / 109
安慰别人就是安慰你自己 / 110
早起的人 / 111
猛犸象 / 112
我依旧无能为力 / 113
收信者 / 114

第一辑

少年之惑

001—040

少年之惑

少年时候，我哪里都没有去过
以为别处的太阳
也是从黑山庄村升起来的
直到现在，我还是没有去过黑山庄
它就在西段景往东偏南十多里的山脚下
等拉矿的车把那座山完全搬走
我就回一次故乡。或者还得起个大早
去一趟黑山庄
把太阳栖身的窑洞看个究竟

在日子里

我住的这间房子不是这栋楼的中心
这栋楼也不是这个小区的中心
小区的中心是一个小喷泉
每到中午，音乐响起
水花会准时溅满孩子们嬉戏的脸
仿佛这些孩子才是宇宙的中心
连阳光也追着他们四处乱跑
而看护孩子的老者们在皱纹里藏得太深了
阳光也懒得把他们从树荫里翻拣出来
他们端详着孩子的目光让人心惊
那里仿佛一个黑洞
有一种摄取时光的能力
那里模糊一片。既没有中心，也没有边缘

猴子兄弟

那是快到年关的时候，在城里
顺着三条绳子，第一次，我看见
三只猴子穿着人的衣服
藏起尾巴，装出了人的样子
表演人间的事情。给围着的一圈人看
其中一个已经毛皮灰白
不知道是不是第一只进城的猴子
也不知道它们是不是滞留在城里的
最后一伙猴子。它们不是人，但鞭子抽上去
凄厉的叫声比人还惨
是不是山里实在活不下去了
它们才逃难到我们中间
山里的空气多好啊，山里的风景多美啊
它们买好回家的车票了吗?
它们还不急着回去
是不是因为它们也知道那里已经通车了

黄昏真美

远远地，看见另外一个人
和我一样站在湍急的水边，很久了
有些隐隐担心。然后
假装随意散步的样子
靠近他，那么轻易
晚风吹动了他悬在腰间的一串钥匙
清脆的声音。我安心下来——
他是个带着家出来散心的人
我没带钥匙
在他回头看我的时候
只好掏出手机拍了一张照片
假装笑着发给谁，并大声说：你看，黄昏真美！

一个人的内心越来越浅

走在路边，阳光如同女儿
伏在我背上，温顺、轻盈……

一把葵花籽换得的鸟鸣
欢愉、清脆，像她信任的回答

为野花浇水，一点点偿还
一朵小雏菊就用掉了满蓄的涕零

那只瓢虫背上的星斗，让我在归途中学会感恩
——四野无人，有一种沟壑被雪填满的静谧

第一次离别

我们徒步很远
去看火车，从铁轨的战栗和空气的轰鸣中开来
我们怔在那里。盯着
一扇又一扇窗户缓缓驰过
其中一扇窗户里
一张脸年轻而好看，她冲着我们
摆了一下手。那时我们都还没有出过远门
但还是集体扬起自己衣袖上的补丁
也挥了挥手。这是第一次
有人教会了我们怎样去告别

荒村扎旧帐

牛羊、桌凳，长着腿的都离开了
追随它们的主人
去了能够活下去的地方
空出来的残垣断壁
正好为我们的旧帐篷阻挡四面八方的风
雨，本来就稀少
现在彻底没有什么用了
在深夜，落下的三滴两点
不过是迷了路，仍在急着赶路的雨
万籁俱寂中，每一滴都在试图喊醒一粒沙子
起来小解的时候
我用手电晃了晃这被用剩的世界
这在陌生者的造访中瞬间活了过来的星空

曾有桑田是沧海

山坡上的苦荞地里
我拾到一枚贝壳
接着又拾到一枚
花纹看上去还很新鲜
那是多久以前的事了
——山顶上曾流淌着一条大河
那时候万物不羁
不像现在，所有的水都蜷缩在低处
那时候的月亮
也不过是一枚更大、更光洁的贝壳
搁浅在荒芜的天空
那时的人们大概已经习以为常
晴朗的日子，经常会遇见撑着一只小舟的仙人
赶着云，在天空中独来独往

蟋蟀

不知是谁，也不知从哪里
捉来了一只蟋蟀
放在北魏遗址公园新植的草坪中
锻炼的老人散去了
玩耍的孩子们也被喊回了家
去完成头疼的作业
喳喳，喳喳……
在那埋着残瓦和旧石的新土之上。蟋蟀叫着
在草叶的颤抖中
喳喳，喳喳。叫着
像是自己对自己的安抚

何妨

多年前，你拜访过一次神交已久的朋友
你们温了酒，或许也煮了茶
相谈甚欢也或许无言枯坐
是你突然想起一件什么事，然后起身告辞
还是他说抱歉，招待不周
唉……多少年过去了
你和那个人也还都能彼此记起
细节或许有些模糊，有些出入，有何妨呢
又有何妨呢？反正
他后来还是邀请你多次
说，那次多好啊……
你顶着雪，“雪中故人来”多好啊
你也说多好啊，那一次。仍记得
一把好看的雨伞
搁在他家门后，沥着水至今没有取回来

庇佑

请一尊菩萨，烧一炷香
守一座庙宇
念一世经。又如何？

被封在深山雪中的瘸腿老僧
还不得被抬下来
还不得酒肉三日
歌舞助兴。还不得
夹在李富贵李富祥兄弟中间
端端正正地叫李富全

三块石头，隔着一段年月
在一棵祖传的大树下避雨

我们已不记得收获过什么

那个初冬，我们穿过清晨的薄雾
进城去。卖掉长得过于喜人的白菜
昨天的灯下，母亲一边剥着它们翠绿的衣衫
一边惋惜它们：多结实啊……
就像一群圆嘟嘟的孩子
那么重。一颗颗把它们码到平车上
父亲在前面拉着，我们跟在后面嬉闹
上坡的时候也会使劲推一把
城里的街上，我们也跟着一起吆喝：
卖白菜，卖白菜。不懂事的白菜们
又被城里的人剥去一层
看上去更加雪白、干净。一群依旧结实的孩子
被人们抱回了陌生的家，天黑了
渐渐凉了下来。父亲拉着车
我们和凌乱而冰凉的帮叶蜷缩在车斗里
这些多余的衣衫，我们也不能穿在身上

晚来天欲雪

一只鸡却走丢了。沿着村庄
我往西找，你往东找
咕丢，咕丢的声音
把天也喊黑了
直到梦里，还那么急迫而短促

直到第二天清晨，它
抖了抖身上的雪
才从枣树上扑下来，比一夜的大雪还让人意外

一个下午

这是再平凡不过的一个下午
什么也没有发生
像是所有的下午一样
敷衍着我
连天空中的云也像是从很久之前借来的
但这个刻刀一样的下午
刮尽了那么多虚浮的光影
把黄昏结结实实刻出来了

最好的早晨

最好的早晨是大雾弥漫的早晨
有些风景退得很远，有些还没有醒来
一个人不急不缓走着
离自己很近。仿佛获得了一种大自在

不需要点头、打招呼
免去了俗礼和客套
在清冷的石凳上坐了一会儿
就像一个战战兢兢的旧大臣
在早朝之前一直絮絮叨叨的那样
早安，每一寸国土
——埋在大雾中的国土……

把一条路逼急了

它会上山
会过河
也会突然掉头而去
留下一群人
茫然不知所措
也有人往荒草中走去
没有人能劝住
没有人跟上来
那时，他的背影略显悲凉
但自己看不见
没有人能凝视太久
趁着余晖，他们已各自散去

西瓜记

已经黄昏了，卖瓜的人还没有离开
一天的日头打蔫了他铺在板车上的藤蔓
在毛驴不耐烦的踢蹄声中
西瓜们滚来滚去
焦急地等待着田间归来的乡亲
如果母亲也能早一点回家
就会从粮房里挖出一瓢大米
换回那堆被别人挑剩的瓜
——长歪的，冰雹打过的，没有熟好的……
那个晚上，和西瓜们一起
我们挤在屋基的石阶上
敞开肚子，母亲就那样端详着
像端详刚刚孵出的家雀一样
黏糊糊的便宜的甜汁顺着胸脯淌下来
一道又一道。直到现在
那一地狼藉的瓜皮
也没有在之后渐渐变凉的时光里干萎

月亮

月亮
——那么单薄的刀刃
收割走了白天

月亮
——那么光洁的盘子
盛满了人影

月亮
——那么坦诚的眼睛
却在池水中埋下捞不起的白银

月亮
——那么慢的轮子
碾出你心底深深的辙痕

月亮
——那么大的悲伤
天空为何噙住它不落

我存着一包花的种子

许多年的乡村生活，让我自信
可以种出粮食、蔬菜、瓜果……
我不会亏待每一捧泥土
却从来没有把握种出一朵鲜花
你送我的种子
一直包在一张旧报纸里
那纸上的消息，现在
仍可以展开一读。仍可以鼓动人群
扛起铁锹，磨砺镰刀
走向萧肃的荒野
为一粒种子找到埋身的地方
但我不会为陌生的土地献出那包纸里的种子
我知道，这个世界还配不上它的盛开
它的凋零依旧会让所有人束手无策

即景或永恒

像补丁上拆掉的线头
清晨的鸽哨声
缠绕着村庄上面的天空
大雾越收越紧
逐渐有了清晰的轮廓
套在远处大山的身上

一头牛或毛驴
像一粒钉住的纽扣
立在坡上。孤零零地
它不喊出来
我们就不知道它是什么
它不喊出来
我们就不知道它是一个父亲或母亲……

如果真有一部不用缴费的手机多好

母亲生前买过两部手机
起先是个老人机

大键盘，声音嘹亮
想给谁说话的母亲
会照着旧挂历上抄着的数字
一个一个使劲按下去
后来不灵了。看电视购物，又买了一部
据广告说，功能多，能上网
接打电话不花钱……
我回去的时候
母亲也央求我摆弄过几次
我们都劝她算了吧
老年人用不了
智能机。在临终前的两年里
这也成为父亲的笑柄之一
——直到现在，那部不必缴费的手机
还存放在那个包装盒里
直到现在，我也能回忆起这样的细节
——不甘心的母亲再一次取出它
贴在满是皱纹的脸上
一遍一遍试着拨打给几个孩子
渴望突然有谁接通了，喊一声妈妈

北风肆虐的旷野中

两个熟人，隔着很远的距离，在说话
我跟他们也隔着差不多的距离
他们的面目很模糊，我看不清
大概，他们也看不清对方
两个磊落的农民
穿着老式的劳保棉衣裤
就这样站在旷野中
费尽所有力气，像投掷石块一样
说一些无关紧要的话
那声音逆着风，很模糊
依旧敲得人耳朵生疼
让我体会到从来没有过的力量
我从来不敢这样
站在空阔的地方，喊谁，喊什么……
尤其无关紧要的话
尤其刮着那么大的风
尤其那声音要刮到不知多远的地方
不知会落到谁的耳朵里

常常有这样的时刻

幼年的自己、暮年的自己
和现在的我共处一室
像一家三代，彼此爱着
又那么陌生
有嫉妒也有嫌弃，有慰藉也有痛恨
但都能彼此原谅和遗忘了
在太阳升起的时候
一个会喊醒另一个
一个把椅子弄倒了另一个会扶起来
一个做好了简陋的饭菜
等着另一个坐过来
灰茫茫的光打在他们的脸上
黑发，白发。多么温暖的画面
他们共用的一日已经没有新鲜的命运经过
他们共用的一生没有秘密可以分享

秋风，落日

疲惫不堪的人，衣衫褴褛的人
被长昼磨破脚掌的人
被闪电剪掉影子的人
想坐成一块顽石却被风追成沙粒的人
落在镶满了落日的窗台上
以前认不出来，原谅我
曾一遍一遍拂去你们
现在我像一块懂得羞愧的旧抹布
悬挂在过时的日子后面
隔着一把锁子听你们小声谈论着
曾经我也有过的生活
在碎屑的欣喜里，我认出了你们
隔着一场大风，等你们再次回来
你们知道的——
家门从来不用敲，钥匙也还挂在老地方

如果我们的一生可以从倒叙中开始

落过的泪水再次蓄满眼眶
许多愁苦的脸破涕为笑

雪往天上飘，乌云散去
我们望着熟透的杏子再次成为花朵

浓烟从烟囱回到秸秆、青苗
一锅粥煮着煮着就回到各自的穗上

挥了挥手，母亲就从田间回来了
她穿着干净的衣服，像个新娘坐在炕上

一件很多年前的旧案

无非是绑架、杀人、索要赎金
无非是榕树无辜的藤须替代了绳索
因为听经太久，长得那么柔韧而茂密
它会不会后悔
而勒死的孩子只有三岁
就草草掩埋在寺庙冰凉的石阶下
连佛也没来得及抬头看一眼
这悲伤的故事没有大白于天下之前
烧香祈福的人仍旧川流不息
他们都不知道
要踩着一个小孩的肋骨，自己才跪倒在佛前

祝福

祝长命百岁的依旧长命百岁。那些石头
是你们的坚持才有了山水的形状

祝漂泊无定者终有好归宿
顺着河床向下就能找到大海的方向

苦等的大海请不要着急
湖泊和涟漪只是偶尔的犹豫

每滴水都会凿开堤坝和牢笼
奔向大海，稀释掉它苦苦的无用的蓝

祝风中的种子能由着自己的性子长
在山中或水边，不会遇见镰刀和农药

不会死在水里或石上，祝跋山涉水的鞭炮
能找到穷人们打扫干净的场院

天已经黑了下来。请拼命开花，给盲人听
给聋人看。也能替点燃自己的哑巴说句祝福的话

无情似流水

当你突然问起我
故乡，那座塌掉的拱桥
究竟几个孔的时候
我又一次深潜进自己粼粼的童年中
默默数了一遍
我不比流水，它们路过那么多地方
从来不需要回头
而我们想要记住的太多
拖着沉重的肉身，我不能四处漂泊
我不比那石桥，它从来没有挪动半步
却坚持凌空而飞的样子。流水之上
它等着，送走了所有长大的孩子
它知道一旦离开就永不回来的不只流水

故乡

这里不盛产什么，这里
每一间屋子都像一条泊在荒凉里的空船

炊烟一如破败的帆
世世代代，升起又散尽

天空蔚蓝，不可琢磨。年轻人仍旧被怂恿着
在黑暗的船舱里出出进进，搬运沉重的压舱石

船终未远航，历代的魂魄疲惫不堪
像悬挂于烟火之上的干鱼，依靠体内的盐维持着
尊严的形状

柿子

到了秋天，柿子是什么颜色的
柿子只能是柿子的颜色
它又是什么味道的
到了秋天，柿子也只是柿子的味道
你从夏末的柿子树下走过
柿子还没有从绿叶中点亮自己
因为满含期待，内心苦涩无人知
那时的柿子拒绝了飞鸟
也拒绝了爬上柿子树的野孩子们
那时，你以为自己会发现第一枚成熟的柿子
你想象自己捧着一盏灯
并顺手从路边折了一截芦秆
你想象牙齿落光的老祖母轻轻吮吸着甜蜜的火焰

噢……蘑菇

从堆满云朵的山谷，我钻了出来
浑身湿漉漉的。像是一截木头
就要发霉了
碰到几个手提箩筐
准备进山的人
他们说要去白云深处采摘蘑菇
噢，蘑菇！
这个突然冒出来的词语，诚实而新鲜
一颗颗沾满潮湿的泥土
我的嘴巴一下子就捂不住了

虽然无法安慰我们

这是黄昏，一天中
被疲倦用剩的时间
一家人围坐在一起，灯光
为了什么而照耀着
年轻的母亲已经卸了妆容
一边叹气一边削苹果
孩子还小，刚因为淘气挨了一巴掌
一边抽泣一边写作业
父亲夹着一根烟，没有点燃
电视盯着墙，不知疲倦地练习着台词。
一堵墙愈发显得苍白
墙上的遗照，因为看不懂电视
不知道世界发生了什么
因为沉默，不知道亲人们怎么了
无论怎样，亡者还笑着的
无论怎样，亡者总是爱着生者的

白

暮色中的池塘
含着一点白
不是那种刺眼的白
像是鹅羽上飘落的那种白

是犹豫了好久
也无法平静下来的
白。是从淤泥中泛出来的
——和天空中的月亮完全不同的白

我希望我有这样的手艺

我喜欢看着那些专注于活计的手艺人
他们满身尘屑、油污……
咬着牙、沁着汗，顶着风、冒着雪……
一丝不苟的样子
我希望我是他们中间的一个
能自食其力。也不用巴结谁
我们相互扔一支烟，点上
也不说话。倚着一件仿佛永无完成的东西
铁的、土的、木头的、水的……
休息一会儿。我喜欢他们的荤段子
——总是调侃那个干得稍微慢了些
顺手把烟夹在耳朵上，又继续埋头干着的人
这段子烂熟得像是一种慰藉
一粒止痛药。每次都能找到其中的一个苦命人
我喜欢，如果哪天某个人没有来
其他人仍旧埋头干着，好像什么都没有发生

一日

仿佛经历过无数个这样的黄昏了
鸟鸣啁啾，花树婆娑
铁门敞开，放走了风和咯吱声
现在静得只剩下一朵云呼吸着另一朵

窗口外所有的野草也都是那样
绿得并不盲目
谨遵天地的律令，并懂得了爱
快要走到天边就又返回来了，而我已归来良久

用带回的阳光暗暗描爱人的眼睛
那里潭水清澈，波纹不知疲倦
天色快要暗下来了
甚至闻到了野山椒和蘑菇的味道

契约

野草和大地有什么契约
斩了根还要长，喷了药还要长

羊群和野草有什么契约
嫩芽也要啃，枯了也要啃

我们和羊群有什么契约？

记得冬日昏暗的油灯下
一只羊死于难产，我们在剥皮

春天绿油油的麦田边
一只羊死于农药，我们在剔骨

一群羊和我们一起，撒在同一片草地上
看不出谁是主人，谁刚刚受了鞭打

轮回是一种惩罚

那在湖心扑溅起浪花的鱼
游过来，就变成了一个人
擦尽湿漉漉的身体，穿起衣服
走进了我们中间

那垂悬于细丝上的蜘蛛
沿着高墙落到地面
也变成一个人，提走一只空桶

天空中的飞鸟沿着跑道
呼啸而下，卸下一群人
穿山越岭的蜈蚣停靠到高压线下
吐出的是另一群人

讳莫如深的来路啊
究竟有什么
把不同的它们推进了如此逼仄的人间

羊群里走得最慢的那一只

它是最老的那一只
是整个羊群的老祖母
它的牙床已经磨平
仍旧不停从泥土里撕扯出一些零星的根须
那么大一群羊经过的地方
哪会留下一棵嫩草?
那么大一群羊，鞭子大部分都落在它枯瘦的身上
其实它可以稍微离开羊群一点
尝尝远处的青草
但它吃力地紧跟着自己的孩子们
它替它们挡住了身后的黄昏
它要替它们关紧身后的栅栏

懂得缝补的人已经越来越少了

也许，再过些年
再没有人会拿起忘在笸箩里的针线
那需要一个贫寒的家
一盏昏暗的灯。还需要
一个耐心的母亲，一群淘气的孩子们
脱下明天仍需穿起的旧衣服
举在灯下，透过窟窿
外面的黑暗有多深
只有那个一丝不苟的母亲知道
只有那根倔强的针
徒劳地缝补着漏洞里窥见的童年

第二辑

盐主义

041

075

断定

越过平原，北山的乌云们
正匆匆忙忙赶往南山

它们边走边哭，它们乱作一团
翻山越岭，它们是去参加彼此的葬礼

从来没有时间

所谓白昼与黑夜的交替
只是一个法力无边的神在星空之外拓印我们
覆盖又揭起——
所有我们以为的有形和无形之物
我们的伤疤，我们石碑般睡眠的脸
每晚都像是死去一次的
我们的梦，梦里遗言般的胡言乱语

魔术师

苹果变成梨，酸枣酿出蜜
乡村的魔术师们
都有自己的一套把戏

我的母亲也是
一把白面，总能翻出新花样
有时候是馒头，有时候是枣花

一把白面请客，一把白面送人
在佛前落满灰，在坟头落着泪

母亲总是找不到我们

那夜，我们在一个水坑里埋月亮
越埋越浅，越埋
越浑浊，直到它又返回天空中
煞白的脸望着两个不肯回家的傻孩子

来去应无碍

这些天来，我也悄悄攒下一些星辰了
用尽它们，能不能买通菩萨?
赎回你在人世所受的苦难

这些天来，我忍住的泪水已经足够宽阔
几乎看不到边际了。且风涛已尽
岸再远你也不必担心往生舟会有丝毫颠簸

盐主义

一直在坚持自己
偏执而无望

像菜缸里的盐
是农妇们唯一的信仰

为最坏的生活提供最安稳的可能

像一种主义
陈旧而实用

爆竹

谁都知道，那是一腔怒火的平静
谁都知道那漫天花雨的瞬间
是对一生的逃离
谁都知道。那是爆竹
借着死亡和暗下来的天空碰了一下

村居

压低天空的果实也压弯了枝叶间的阳光
落光叶子的树干又落满了雪

村庄里，星辰也不会被枝条挑得太高
不会高过青瓦和鸟鸣

往往是一把干草牵着一头不紧不慢的驴
往往是一截土路领回一场纷纷扬扬的雪

往往是炊烟已经消散
群山中，我们才听到了劈柴迟钝的回音

容器

高粱、玉米、谷子、红薯……
来自土地的，一杆秤都可以称量

祖父、母亲……那么多亲人啊
又复归于尘土。一点一点

我悬着的秤盘里装着悲伤
我秤砣般的心越挑越高

心有戚戚

这么多年，我空怀大山大水大寂寥
却没有寻见一块安放它们的地方
你们提及的茫茫的戈壁或雪原
我也不是没有想过
荒废的庭院，神在散步
这不是一份合适的礼物
这不是分享的时辰
这更像是一笔遗产，我托付于祂
这终将无人继承的白云、野花和行舟

深秋

雁声带我而至。空阔的门槛上
落叶里蜷缩的小神
蓝眼睛，满含深深的忧伤——
它翻动着。一部谁也读不懂的史书

不是因为什么

如果必须要用什么而起誓
我愿意用石头
如果我做不到我所立下的
我愿意余生怀着一颗石头的心脏
沉重、冰冷
硌痛每一次呼吸
我的血液会一刻不停撞向这顽石
四处飞溅。像经历着永不能遂愿的死亡

鸟巢

每次经过，我都会竖起耳朵
似乎真的有几只雏鸟叽叽喳喳叫着

直到那场大风
吹落一条轻飘飘的蛇蜕

春色惹人愁

春风中，农人弯下腰
拾拣寒冬孵出的石头
大地深处，一条巨大的山脉
隆起它泛青的脊背

草色遥看近却无……

泥泞的石头上，一个孩子跑着
想要追上汹涌的草色
他还小，不知道慢下来
不知道穿过那道田埂需要用掉一生的光阴

多情人耳边

那只海螺。被大海抛弃掉之后
以自己的空旷建起了一座道场

不倦的风，日日夜夜，在里面念着经文

所谓孤峰

不容留一株草木，也不允许
任何一个人将旗帜插上去

从远处望了一望，孤峰
就用什么魔法把自己隐藏了起来

哪怕在梦里
也能摔断一个人的骨头

依靠

依靠水，我们止渴、沐浴
寻找来路和去处……

依靠火焰取暖和焚烧
吓退心中的猛兽和暗处的鬼怪

依靠沸腾，煮一口锅，蒸一片云
依靠草木制造的宁静我们沉思

依靠青烟，眼睛找到了天空
依靠翅膀搅动的微澜我们想象

依靠活着，我们懂得贫乏和羞辱
依靠死亡，享用生前不曾得到的溢美和颂扬

担心

天空中又少了一些亮闪闪的硬币
我想已经有人捷足先登了

森林里又少了几棵大树
肯定还有人在暗处偷偷建造梯子

遇见

棺木和花轿，白花与红绸
纸扎的人间和压破箱底的金银

焰火看不出悲喜
在暗下来的天空中明灭

不同的钥匙，转动同一个锁孔
有人尚未离开，有人已经归来

赠白云

现在，就请抬头看看天空
从飘过的白云里
挑出你最中意的那一朵
——作为可靠的信物
在古诗里，人们
曾无数次相互转赠过
现在，我转赠给你
——在已经大不一样的天空下

一个祖训

——吃掉那些小的、铲坏的、绿皮的
土豆，以及在漫长等待里急不可耐发了芽的土豆

剩下一箩筐躲过风刀霜剑的
健壮的、隐忍的土豆，才是留给明年的种子

危险的工作

灯泡并不会自己发光
它们之间
需要一根电线
串起来

我们都干着这样的一份工作
有点危险
但谁也不会察觉

我们只需要等待
神打着呵欠醒来

如果低头，看到黑洞洞的人间
如果有一点怜悯
就轻轻合上闸刀

微风吹过的时候

开花的梨树侧了侧身
——为了使自己的影子看上去更好看

我想，日后它结出的梨子也一定是最甜的

天底下……

顺着风，农民们在扬谷子
他们都知道，天空会把秕子挑出去

踩着木梯，把粮食晾上屋顶
每一粒都闪着光，都敢让老天爷瞧一瞧

牛羊们喊了也答应，那口子喊了也答应
在天底下，只有他们的声音没有秘密

青山料我亦如是

独自行走，不接受神谕
不在松涛与浓雾里虚构陡峭
不幻化白云，不熔炼救世的丹药

我们的衣袖鼓胀着
巨大的风暴
只捶打自己的骨头

我与青山两看不厌
我与人间两不相欠

人生总须未了愿

街道笔直，我只看半边景
另一边的，留给归途

生

躺在这亿万年之久的泥土之上
嘴角叼着一茎新鲜的野草

如果有一个可以反刍的大胃该多好呀
所有的青草让我眼馋

如果有能够奔跑的四蹄多好呀
疆土无用，不必以公里计算。一个蹄印一汪蓝天

有一条藏不住的尾巴多好呀
谁靠近我，我就扬起它

星星

神的灯盏，羊的盐巴……
秘密的银币

多长的一生才能够挥霍掉它们

风声中……

我仍旧渴望另外的风
不是卷起旗帜的风
不是转动风车的风
不是把垃圾吹来吹去的风
也不是被我关在窗外的风
我渴望的风，从心底升起
吹净每一根骨头上积落的灰尘
还能发出笛子般清越的声音

焚

木头已经成为灰烬

孤直的烟还在坚持树的形象

泥瓦工

他声称，能够从天空的高处开始
往地面砌砖垒石
——他能建一座倒立的塔
但这技艺并不被热爱生活的人们所接受
——人们接受不了塔尖上的日子
他只能为亡者们工作
从地面开始，一块一块，往黑暗中砌去

那时

无数汗毛中间
曾长出过唯一一根羽毛

已被我悄悄拔掉了。

那时，天空尚矮
人们还不屑飞翔

乡村爱情故事

再也没有那样的清晨了
——一担泉水惊醒三五里的路

再也没有这样的帮衬了
借了隔壁的扁担，还回一瓮清凉

褂子破了，你就搁到墙上
婆婆耳背，一声咳嗽她还会脸红

再也没有两个人遇见，只是笑一笑
各自插了门，天就又黑了……

这一生，注定我做不了坏人

站在黑暗中，望着远处屋子里明亮的灯光
那是我的家，灯下围坐着我的亲人
在冬天的冷风中，刚干完一天的活计
我拖着一身疲惫走向那扇窗户
突然想起电影中的一幕
一个穿着长皮衣的男人。一个通缉犯，一个坏人
也曾这样，隔着窗户
望了望自己的妻子、女儿
他狠心转身消失在茫茫黑夜尽头之前
是整个悲剧让我感觉到最温暖的一幕

第三辑

寒水临碑

077

—

115

原来每一秒都是挣扎着走过

表坏了。时间磨损了它的容器
送给修表匠，看看问题
究竟出在哪里
那是间旧铺子，滴滴答答
像是时间的收容所
待那个老表匠打开后盖
把表放在灯下。我才看见
——时间的背后居然那么复杂
每走一步居然那么不易
密密麻麻的齿轮，紧咬着曾经波澜不惊的每一秒

可疑的不朽

有人宣称自己是上帝派来的
有人发誓被魔鬼训练过

那又如何？不过是想让你
放弃一些，去坚持另外一些

敌人安插在我们中间的卧底隐蔽得太深了
有时候，喃喃自语都显得可疑

有时候，手已缩进了袖口
眼睛却又禁不住往远处探了探

必须承认，自己的嘴巴
总是在讨好别人的心

写什么也绕来绕去，最后
总是词不达意或言不由衷

读到这首小诗的时候，你没有读到真诚
是因为我总是想着怎样躲过暗中凝视的目光

读史

你们递给我一部沉重的史书
密密麻麻的字让人头疼
我不关心那些大人物、大事件
我不想一场战事怎么结束
也无法照顾放下刀枪的伤兵
我不好奇尚未开始的宫变
兄弟如何把酒言欢
我只愿意盯着那些空白处，发呆
我能看见，炊烟从茅屋中升起
我侧着耳朵，是想听见木桶轻轻撞碎星空的声音
这空白，是历史让出来的
一条终年积雪的小路
历代的人雪花一般，簌簌而落
隐忍、沉默，一片一片相互覆盖
只有在这空白、安静的地方
写史的人才得以抬起头来，稍微喘息一下

村庄

如粗壮躯干的大树
城市的道路在不断分叉，分叉
往虚空中。越走越暗
但不必担心
群山之间也有光
闪烁着，如一片片树叶
你是埋在那树叶最深处的一颗酸涩果实
不要担心，树叶落尽的秋夜
黄金的谷堆中
村庄将如真理一般在眼前显现

大海

我曾朝着一个疯子投过石块
也曾跟在聋人身后喊脏话
那疯子现在仍活着
见了我，哧哧的笑声一如大海扑来的惊涛
而那个聋人在我的紧随下越走越疾
仿佛消失的帆影，到如今再没有遇见
现在，我整天
面向满目黑黢黢的、盲人般的大海
投掷石块也继续谩骂
我无法填平那深渊，我在徒劳地羞辱自己

木头人

我转世在你们中间，成为一个人
但本意并不是如此
——我更想长成一棵树
东一枝，西一枝
低一枝，高一枝
粗一枝，细一枝
直一枝，弯一枝
费尽盲目的一生，只忙着长枝条

无须跋涉。哪怕站在悬崖边
不会慌张、胆战
不会撒谎、雄辩
无数只脚，没有一只会跪下求饶
——它们都是往深处走的
有无数根手指，会变你们不会的魔术
——叶子落了有栖鸟
不随意指指点点，只指着向上的绝路
风雪中，宁折不弯。
那些结疤你们看得出来

因为站的位置太过危险
我不会成为你们的

栋梁、大船、门槛、木桌、烟斗、秤杆、劈柴、扁担、枷锁
我会活得很老，我深知
逃不过时节的轮回
风中瑟瑟发抖的叶子是一次次睁开的眼睛
看见了终会殉身的悬崖
如果突然在一片雷雨中倒下
我会腾出一片天空
高处的阳光会突然跌落
谷底。新鲜的泥土溅起，久久不散

遗址博物馆

经过严苛的安检，确定
没有利刃，也没有忤逆之心
我以使者的身份被允许
进入古代一座异邦的城池

经过火焰和流水，那里
砖石瓦砾还在，钟鼎还在
律令也还在。
奴隶们的骨头、牛马的骨头混在一起
让人亢奋的号子声和皮鞭声混在一起

作为一个外使我保持绝对安静，看
他们旁若无人，仍在砌着一座巨大的废墟

长筵之地

无尽的筵席上，盘中珍馐飞的飞，奔的奔
开花的开花，结果的结果
喝着喝着，新酒喝成了陈酿
白骨们又相互灌出了红扑扑的脸
东倒西歪，万历年间的石碑搀扶着乾隆时期的
一边往低处走，一边唱着
过去时代激昂的祝酒歌
低处，狼藉的人间像是它们的呕吐物
似乎有谁把它们邀在了一起
只为这荒野的筵席能够进行到底
我突然的闯入并没有被醉醺醺的它们发现
我的魂魄是尚未发芽的芥籽

梦与现实

有时候，梦里会被谁撒满蒺藜
而浑身疼痛。有时候
你惊醒是因为梦到了更悲伤的结局
许多事情不需要来由
许多梦没有因果，只是在不停发生
因此你更容易在梦里
捡到黄金，而醒来却总是两手空空
在梦里你更容易亮出翅膀或刀子
而不必顾忌别人的目光
有一次我在现实里捡到二角钱
一直偷偷紧攥着，直到睡着以后
才在供销社的柜台上轻轻展开了它

托孤

看戏，最怕看到托孤
风雪中，或者一群各怀心事的人中间
就要死掉的人把藏在怀里的骨肉
托付给信得过的仆人、忠臣、义士、良友……

其实，无论面对的是什么
都得把自己的骨肉递出去
无论有没有人
他也不得不撒开自己的手

我知道，这幕戏结束了
另一场截然不同的戏就要开始
另一些面目正迫不及待要登场
——这不是我想看的

我想等那个红脸浓眉的仆臣白发苍苍归来
那个孩子变成红脸浓眉的汉子
但一座戏台没有那么大的耐心
戏台已经在多年前的暴风雪中垮塌……

我想自己是个好演员

我的脸上没有别人的样子
没有他们的笑容、泪滴
没有他们的嘴巴，用他们的语调
讲出他们的故事。除了自己心底的声音
我的耳朵也很少用来倾听
我不能用长着他们老茧的手安抚我自己
我们的面孔那么相似，复制粘贴
潦草的造物，像沙粒
相互磨着。落在我们中间是一样的光影
你坐过的椅子我继续坐进来
看同一个故事，在那屏幕暗下来之前
然而，为什么你揭下面具谢幕
我仍对结局有太多不甘，仍想拾起来重演一遍

像那样……

常常这样安慰自己——

就快过去了……
好像是为逃避一场大难
才躲进这副躯壳的。美与丑，幸与灾
好像都无所谓，不计较
但有时候看看女儿，又觉得不是如此
她的小眉小眼，她的手足和发肤
声音与腔调都像我
而我那些凭空的悲伤，又有什么来由
在人间，我的事情远没有结束
或者才刚刚开始
那些还没有到来的悲伤，又有什么去处

明月

明月升起又落下。这许多年间
隔着一扇窗户
你踮着脚，噘起红润的嘴唇
哈去了玻璃上的冰花
和那张苍白的面孔相互凝视
他还是个稚嫩的孩子
第一次被月亮看见
中间又有过几次？他伸出沾满泥土的手掌
擦去玻璃上的雾气，拉开落满灰尘的窗帘
有时他躺在月光中间，像一件艺术品
有时像一件废弃物。半夜，他起床撒尿，或者
端举着一只盛满月光的杯子发呆
在关灯前的黎明，他夹着一支比月光暗红的烟
白发苍苍，扶着月光下斑驳的墙
谁注意到了他眼睛里慢慢流逝的光彩？
最后一次他是一片单薄的影子
站在别人的念头外面，望着窗户里
同样单薄却依旧清澈的月亮叹了口气

满目黄金

梦里的狗头金闪闪发亮
抱着它，我欣喜地跑了整整一夜
从来没有感觉自己如此富有过
醒来之后，怀抱空空
从来没有感觉如此疲乏过
那没来得及挥霍的黄金
化作清晨的阳光
镀满远山近水。幽暗的窗后
我平静而疲惫，仿佛已还清了毕生的所欠

真相

当我们拥有一间可以随意进出的房子时
其实只想把自己反锁在里面，而无人打扰

当我们说挚爱，并不是想占有什么
只是渴望不会轻易被她抛弃

说到财富，甚至不是说我们拥有的
而是那些可以被随意掠夺、挥霍，而不必在意的

我们说自己幸福，只是因为
见惯了到处都在发生的不幸

我们突然开始吝惜这一生的时候
是已经看见了尽头刻着自己名字的墓碑

来生的剧场

我已认下今生所有的失败
甚至没有虫豸们的乐观和勇气

既不敢住在黑暗中的旷野
也不敢在太阳下相爱

没有口器，不能伸入一朵花的内部取蜜
不善嘴舌，有时候会自己咬住自己的舌头

天罗地网中，因为挣扎而痛苦了一生

可我依旧想追随迁徙的蝴蝶
一片翅膀就可以撩开千山万水、沉沉暮色

总是幻想今生的幕布后面是一个灯火辉煌的舞台
坐满了随时准备起身鼓掌的观众

新年，致己篇

新的一年，新的一天。为什么
看上去我一点也不比去年显老
汹涌的往事裹挟着我
记忆中，我曾顶着满头白发
一座孤峰，一条大河的源头
而现在你们看看我吧
少年时的白发奇迹般的融化了。在黑发中间
偶尔的几根被我精心供养着
为什么我渴望的暮年还久久不至
我渴望平静、平和……如大海
专注于蔚蓝。完全为了被你们遗忘而活着
为了能够无声无息从你们中间消失
我曾翻涌激越，渴望早一天流尽自己的血
裸露出荒漠般宽广而无用的心

鸟兽宴

我知道几种诱捕鸟兽的方法
钩、网、套、陷洞……
我知道，投以食物
饿昏头的鸟兽们就会自投罗网
掐准狍子、兔子的来路
它们就不会再有归途
燃一盏灯，逐光的飞蛾、蚊虫们
就不停不歇扑过来——
它们也误以为自己是捕光为食的动物
世界已为每一个灵魂备好了悬崖
大多数时候，那里也铺好了桌布
摆上刀叉和美酒，亮着灯盏或星辰

放生

春暖花开，也有想到离别就痛哭流涕的情侣
也有隔着高墙，闻见花香，就憧憬天下大赦的死囚

我还没有见过站在一树繁花下春心不动的人
哪怕是暴虐的国王，也一定不忍抽出沾满血垢的剑

大好春光，看什么都像花朵
大好春光，怎么都不能用血比喻花朵

他原谅了年轻的妃子和鲁莽的爱臣
满江落英，他准许他们负着石头泅水而去

光阴流逝，几乎带走了全部

能够留驻的能有什么
刀在锈里埋着自己，磨都磨不出来
你看那棵他们发誓要砍倒的树
年年都在长叶子，落叶子
你看那个人，以前总是昂着头，挥舞双臂
大声说要把看见的世界改变
现在，他偶尔的招手只是为了送别
他弯着腰，慢慢把椅子挪进一片浓荫里
世界已经蒙上了他的眼
他睡着了。而阳光
仍在一点点挪动，还想要舔尽了他的脸

在自己里活久了……

在自己里活久了，已慢慢习惯
这器的逼仄、粗陋
并养出了凿壁作画的耐心
所画之物不是白鹤或猛虎
不再从那啸鸣里
应和它们的清扬和激越
我更像一个山水的鼻祖
从浓雾的山头取走鹤羽
从虚无的虎皮里翻看斑斓秋色
借光取明暗，借风布层次
借无尽黑暗假做深远
借独处，打磨这器的锈迹，修补这器的不堪

放下

我也和你们一样，经常抱怨
什么什么变得不好了，什么在变得更坏
什么不够，而什么又太多
我们常常觉得时间富余
而生命太短暂
我们一边唏嘘着一边却无能为力
一边警惕什么又总是重蹈覆辙
一边假装不屑一顾
而错过什么的时候也一样捶胸顿足
我永远比不上那个錾碑的人
他一边在石头上錾着自己的名字
一边哼着欢快的小曲儿

越来越……

像遭遇了一个奸商
总感觉生活有些缺斤短两
总感觉快乐越来越不耐用

话，说着说着就没了
或者本来想一团和气，聊着
突然就争执起来

也不是因为什么，也不知道
哪里出了错。大多数时候
愤怒占住我的身体，沉默借走我的心

我能使……

我能使彩虹弯腰，从湖泊中啜饮蓝色
能使风止于炊烟、垂柳、少女的发梢
止于所有柔软事物所形成的意义的森林中
我能做的还可以更多
我能把世界从遥远的谜语里拖回来
拖进我内心的澄澈
我是光阴的制造者，洞悉一切美的秘密
但我不能暴露太多超能力
要慢下来，一点点，为余生积攒惊喜
活着不易。下一个春天
哪怕拄着一柄铁锹，我依旧会出神
开花的地方依旧在继续开花
不开花的地方落雪也无妨

无畏

走过泥泞的田埂
一个又一个脚印深拓进大地

茂密的灌木丛后面，那暗处
似乎有一双眼紧盯着

每次探身取水的清晨
那幽深的水面之下，总有什么在抓拍我们的面孔

比任何一面镜子都急迫
我确信这一切。我看过那模糊的底片

幸好，我并不是依靠名声活着
不必担心败露什么

不过是……

这间屋子，七十年的租期
够这具肉身用了
再远一些，一片祖传上百年的墓地
在故乡。够死亡用了
来路和归途都已明了。不该有什么不安
不该再空怀江南塞北
这里下雪的时候不该再想着那边的花开
此生不过是流水抱紧的石头
或天空放下的白云
领受的喜悦和压住的孤寂一样贫乏
所谓得失两相忘，所谓
一腔孤勇无人识不过是
暗藏胆怯向谁边的那只萤火虫
拖着一点光穿过虚无的玻璃

没有青松栽枣树

无须费心料理，也无须修枝打叶
无须那么勤快地施肥、洒水
无须开花结果——
甚至无须带给我们一点点快乐或沮丧
一棵枣树活了很久，直到今天
——它已经干透了
突兀的树枝依旧划刻着冬天凝固的空气
好像还没有完全死掉
为了把我留在盲目的仰望中
究竟坚持了多久，它还能坚持多久

树的秘密

树叶已经落光了，风还是摇个不停
莫非树上还有什么我们看不见的东西
而风认得出来
我不能确信这一点
哪怕夜深人静的时候
也会竖起耳朵
总能听见嘎吱嘎吱的响声
好像有什么
正费力地一圈一圈绞紧那棵树
当我一遍一遍望出去
却只有黑暗
——终有无法忍耐的一天
从那棵砍倒的树里
我发现了秘密
——树木在往高处奔跑。每一段记忆
都那么均匀而结实
哪怕是去年刚刚长出来的那个新枝条
也紧紧包裹住自己苦涩而柔软的心

故里一棵树

东头的槐树上住着一位黄仙
西头的柳树上住着一位狐仙

东头跑过来的人到西头就停住了
朝阳里嫁走的姑娘在日落之前才赶往婆家

从没有人敢随便提着斧子取走一根枝丫
没有人在树下说过大话

多少兴废。两棵树护住了一个村庄
如果你去槐柳庄打听一个人的来历

槐树西曾是他家，柳树东曾是他家

现在，他住在幸福小区 7 栋楼
“栋”和“楼”都是木字旁
但没有纷纷扬扬的槐花和飘飘摇摇的柳条

寒水临碑

临水的滩涂上，居然看见一块古人的石碑
水没有死过，大概也不懂得死亡的含义
浪花一遍一遍扑上来
摩挲那些字。一遍遍临摹着
大概也好奇
被一个人用掉的年月和名字
居然那么好听——道光……李府……君卿
在石头的紧攥中，那几行顽劣的水
只安静了一会儿
就被再一次扑上来的水推了出来
不知道还要多久
它们才会抹平死亡的刻痕
才能吞下那块石头。也许要用掉整面大湖
冬天快要来了
一定会有一滴水最先困在石头上
困在一个浅浅的字中
它将被另外命名
也许，到那时，那一滴
曾经最顽劣的水就会真正读懂
那些因为狠劲儿咬着石头
一直不松口，而显得倔强、好看的字

被水淹死的水

我们的所见有限，即使站在大海边
也无法见识所有的水
更多的是——
被水捂住嘴巴的水
被水掩住眼睛的水
被水卡住喉咙而喊不出来的水
我们能追随着一条毫无倦意的大河
一路席卷而下
而无法跟从潜行于地下的
精疲力尽，仍渴望突破层层封堵
回到源头的暗流
我们能擦去
眼角为之感动而落下的泪水
却擦不掉心底淹死整个星空
已经凝固成黑色的泪水
我们最惊心的相遇不在浊浪里
也不在清泉下。每一次
你一抬头，整个天空就会倾泻而下

安慰别人就是安慰你自己

我们不厌其烦的语言仍旧不能
让一个盲人认识一朵花
我们的路也不会把他领进一座花园
在盲人那里，我们的表达
遇见了哑巴一样的麻烦
美以不同种方式传递给所有人
——活着的和死去的
是什么阻断了我们对秘密的分享
你嗅到的是什么
而他摸到的又是什么
有人在花丛中落泪了我们却不知道为什么
有些花手舞足蹈
哪个方向吹来的风也不能使它们平静下来

早起的人

心已经敞亮，而身体还沉浸在黑暗中
黎明之前，从软塌塌的梦里醒来的人
都是年岁渐长的人
突然惊觉的这一刻，让他担心
自己会跟不上自己
他穿起还困在冰凉睡意里的衣服
点一支烟，走到屋外去。星空凛冽
像抖动的旗帜
他查看东方破损的天际，查看黑暗里的柴垛
他缓慢，迟疑，走走停停
等一下身后跟着的自己。等真的追上来了
才会把烟头熄灭在大地上
才能做一些更像人间的徒劳的事

猛犸象

穿过窄窄的通道，一层一层石化的时间

墩洗过的台阶渗出淤泥的气味
向上的楼梯有一种向下的感觉

多么奇妙！多么轻易，我们就回到了消失的象群中间
呼吸着它们鼻息间古老而清冽的空气

在那群没有名字的哑巴祖先披荆斩棘
步行穿越莽莽苍苍未被记录在册的河山之前

迷雾中，象群已经散尽
十万年并不长，但足够

一个族群遗落的散碎象骨
在静穆的大雨中集结为一头完整的象

而埋伏在四周的祖先捂住了我们的嘴巴
没有惊动它们最后回头时苍凉的一瞥

我依旧无能为力

雨水过完是惊蛰
一个节气挨着一个节气
循环往复。而我人生过半
剩下将是疾病、衰老、死亡
这也不算是惊觉
春光大好，而我无法快乐
我依旧是个穷人
没有能力在明媚春光下掏出一块银币
人世无常，许多让我感到难过的事
不必再一一赘述
今日的悲伤是
天气晴好
一只提前醒来的蜜蜂
嗡嗡嗡嗡……
荒凉的大地居然没有为它准备好哪怕一朵小花

收信者

越来越频繁地，我收到一些陌生的来信
来自各地，来自各个时代
尤其是那些亡者们
一封又一封，甚至油墨未干
就急迫地投送。我门前的台阶上如灰尘、落叶
我的窗口如阳光和鸟鸣
在对他们无法拒绝的阅读中
时间仿佛已经失效
但我仍旧犹疑着，迟迟没有想好
以怎样的措辞开头
才不至于冒犯。才匹配得上他们炙热的口吻
有时候，担心暴露了自己的浅薄
不得不放下那些纸张
到屋子外面，或干脆假装出一趟远门
他们依旧不依不饶
好像跟踪着我，要我去答复
我自己也困惑一生的事情
我能怎么样？
不过是一个愚笨贫寒的流浪者

偶尔经过了你们的领地——
草地、大海或森林
茫然无措地躲避着自四面八方而来的风刀霜剑

图书在版编目（C I P）数据

不惑的绳结 / 张常美著 . -- 天津：百花文艺出版社，2021.3
（中国好诗 . 第六季）
ISBN 978-7-5306-8011-7

Ⅰ . ①不… Ⅱ . ①张… Ⅲ . ①诗集－中国－当代
Ⅳ . ①I227

中国版本图书馆 CIP 数据核字(2020)第 273182 号

不惑的绳结
BUHUO DE SHENGJIE
张常美 著

出 版 人：薛印胜
特约策划：彭明榜
选题策划：刘 勇 **责任编辑：**赵世鑫
装帧设计：孙 初 申 祺
出版发行：百花文艺出版社
地址：天津市和平区西康路 35 号 **邮编：**300051
电话传真：+86-22-23332651（发行部）
+86-22-23332656（总编室）
+86-22-23332478（邮购部）
网址：http://www.baihuawenyi.com
印刷：北京精彩世纪印刷科技有限公司
开本：889×1194 毫米 1/32
字数：74 千字
印张：4.25
版次：2021 年 3 月第 1 版
印次：2021 年 3 月第 1 次印刷
定价：50.00 元

如有印装质量问题，请与北京精彩世纪印刷科技有限公司联系调换
地址：北京市海淀区学院路 5 号 768 创意园 D 座 06 号
电话：(010)82423131 邮编：100082